AF602739

24 mars 1903 Conserver ce catalogue

VENTE

Du Mardi 24 Mars 1903

HOTEL DROUOT, SALLE No 9

à deux heures.

Vente julien

Petit-fils de Mr. Dreux, agent de change.

AQUARELLES

DE L'ÉPOQUE ROMANTIQUE

1830-1860

TABLEAUX

Me Léon TUAL, Commissaire-priseur ;
M. Paul ROBLIN, Expert.

Les meilleurs numéros de la Vente

27 Bithemy — Vaches au pâturage —
32 Chandelier — Fontaine à Constantinople t. joli à ach.
34 id — Barque entrant au port —
35 Charlet — La sortie de l'Eglise —
37 E. Ciceri — Chantier de pierre de taille t. beau
41 — id — Paysage basé t. beau à acheter
56 Deshayes — Chantier de pierres de taille le tout à acheter
71 Fort — Récit à travers champs —
84 Grandville — Une élégante —
102 Joyant — Le Rialto (Venise) à acheter
103 Laemlein — Le messager fidèle —
105 Robert Lefevre — Le messager fidèle —
120 Mélingue — Volontaire de 1792 —
121 Midy — Pêcheur à la ligne Aquarelle —
124 Monvoisin — Bain de Diane Repos de D —
126 Morin Ed — Barque de pêche —
134 bis E Lami — Le Duc de Nemours —
152 Tesson — Lavandières — t. beau
153 — id — Paysage avec rivière et barque t. beau
163 Veyrassat — Barque à Grandcamp —
164 Viollet le Duc — Baptême du Prince Impérial
165 E. Wattier — Idylle champêtre —
166 Wyld — Un palais à Venise —
167 — id — Marine tout petit et plus joli

Ceux qui viennent ensuite.

45 Darcy Paysage d'un moulin à vent —
62 Duvieux Paysage d'hiver ———
76 Galletiés Paysage montagneux ———
94 Hoffman Md de poisson — bon marché
146 Sallon Marine — bon marché
159 Tucker Barque desemparée bon marché
135 Villeret Vue de Paris ———
169 Weidcramette Paysage d'Orient Bon à acheter

Mes achats.

	Beda	
26	Odalisque	8
~~27~~	Bethury	24
~~32~~	Chandelier	37
31	id barque	40
~~35~~	Charlet	50
~~41~~	Ciceri Paysage	42
~~42~~	id Rue	40
~~45~~	Darcy	28
55	Deshayes	27
~~56~~	id	24
~~66~~	Dubouloz	12
~~68~~	Duvieux	10
~~71~~	Fort	23
76	Galletu	12
~~79~~	Gobaut	17
1	Don Quichotte tableau	70
10	Joyant id	200
94	Hildebrandt	16
~~96~~	Floquet ~~Eau~~	50
~~102~~	Joyant	31
~~101~~	id	50
~~103~~	Lacmlein 103	87
~~104~~	Bis E Lami	250
~~105~~	Robert Lefevre	30
~~113~~	Marpon	26
~~121~~	Midy	100
124	Monvoisin	85
~~125~~	de Morain	33
~~126~~	Ed Morin	45
		1467

		1467
~~139~~	Villeret	55
~~146~~	Callow	36
~~149~~	Tesson artiste	25
~~153~~	id Rivière	25
~~159~~	Tucker	32
~~165~~	Wattier	200
~~166~~	Wyld	32
~~167~~	Hildebrandt	16
169	id Ecol allemande	47
		1735
		173
		1908

J'ai racheté à Brame le Veyrassat.

CATALOGUE

D'AQUARELLES

DE L'ÉPOQUE ROMANTIQUE

1830-1860

TABLEAUX

Œuvres de

ANASTASI, BIDA, BONINGTON, CHANDELIER, CHARLET, CICÉRI, DECAMPS, DELACROIX, DESHAYES, DETAILLE, DEVÉRIA, DIAZ, DUVAL LE CAMUS, GAILLARD, GÉRICAULT, GOBAUD, GRANDVILLE, HERVIER, HOFFMAN, JOYANT, LAEMLEIN, LAMI, LHERMITTE, L. LOIR, MEISSONNIER, ROSSI, TESSON, TIMMERMANS, TUCKER, WYLD, etc., etc.

Dont la vente aux enchères publiques aura lieu

Hôtel des Commissaires-Priseurs, Rue Drouot, N° 9

SALLE N° 8

Le Mardi 24 Mars 1903

A DEUX HEURES

COMMISSAIRE-PRISEUR	EXPERT
Mᵉ LÉON TUAL	M. PAUL ROBLIN
56, Rue de la Victoire, 56	*65, Rue Saint-Lazare, 65*

Exposition publique le Lundi 23 Mars 1903

de 1 heure 1/2 à 5 heures 1/2.

CONDITIONS DE LA VENTE

Elle sera faite au comptant.

Les acquéreurs paieront *dix pour cent* en sus des prix d'adjudication.

DÉSIGNATION

TABLEAUX

ANONYME

1 — *Sujet de Don Quichotte.*

Esquisse peinte sur papier.

(H 0,24. L. 0,29)

BOUDIN (E.)

2 — *Entrée d'un port.*

Panneau signé.

(H. 0,21. L. 0,15)

COROT ?

3 — *Chemin sous bois.*

Toile. Signée.

(H. 0,26 L. 0,34)

CROEGAERT (Georges)

4 — *Jeune femme examinant des tableaux.*

Bois. Signé : *Georges Croegaert. Paris*, 1889.

(H. 0,23. L. 0,15)

5 — *Jeune femme assise et méditant.*

Bois. Signé : *Georges Croegaert, Paris.*

(H. 0,33 L. 0,24)

DELARUE (N.)

6 — *Paysage animé de figures.*
Toile. Signée.
(H. 0,24. L. 0,32)

GIRARDET (Karl)

7 — *Bords de la Marne, près Nanteuil.*
Esquisse peinte. Signée des initiales.
(H. 0,15. L. 0,35)

HERRMANN (Léo)

8 — *En admiration.*
Bois. Signé.
(H. 0,17. L. 0,12)

HERVIER

9 — *Barques de pêche.*
Toile. Signée.
(H. 0,29. L. 0,39)

JOYANT (J.)

10 — *Un canal à Venise.*
Panneau. Signé.
(H. 0,24. L. 0,17)

N. K.

11 — *Un coq. — Un chien de chasse.*
Panneaux. Signés N. K.
(H. 0,17. L. 0,11)

RAFFET (Aug.) ?

12 — *Etude de cheval.*
Toile.
(H. 0,21. L. 0,31)

ROUSSEAU (Ph.)

13 — *Paysage avec vaches buvant à une mare.*
Toile.

(H. 0,13. L. 0,20)

TORTEZ (V.)

14 — *Rêverie.*
Toile Signée.

(H. 0,68. L. 0,42)

15 — *Quinze tableaux. Ecole moderne.*

AQUARELLES

DESSINS

A. R.

16 — *La place Saint-Marc. Venise.*
Aquarelle.
(H. 0,12. L 0,18)

ANASTASI (Aug.)

17 — *Paysage.*
Aquarelle. Signée.
(H. 0,25. L. 0,16)

ANONYME

18 — *Habitations normandes.*
Aquarelle.
(H. 0,12. L. 0,08)

19 — *Intérieur rustique.*
Aquarelle.
(H. 0,13. L. 0,21)

20 — *Maison en ruines.*
Aquarelle.
(H. 0,19. L. 0,25)

21 — *Paysage d'Orient.*
Aquarelle.
(H. 0,08. L. 0,12)

ANONYME

22 — *Personnages Louis XVI devant un palais.*
Aquarelle.
(H. 0,16. L. 0,10)

BELLANGÉ (H.)

23 — *Honneur au courage malheureux.*
Plume et aquarelle.
(H. 0,14. L. 0,22)

BÉTHUME

24 — *Paysage avec troupeau.*
Aquarelle. Signée.
(H. 0,12. L. 0,23)

BIDA (Alex.)

25 — *Femme arabe allaitant un enfant.*
Pierre noire rehaussée de blanc sur papier bleu. Signé de l'initiale.
(H. 0,29. L. 0,23)

26 — *Odalisque.*
Crayon noir rehaussé de blanc sur papier bleu. *Signé et avec dédicace à M Th. Scribe.*
(H. 0,21. L. 0,27)

BITHUMY

27 — *Vaches au pâturage.*
Aquarelle. Signée.
(H. 0,18. L. 0,27)

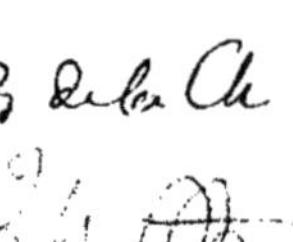

BOILLY (Louis)

28 — *Tête d'homme.*
Belle étude à la pierre noire rehaussée de blanc. Signée.
(H. 0,175. L. 0,15)

BOILLY (Jules)

29 — *Portrait de jeune femme coiffée d'une calotte rouge.*

Crayon noir rehaussé de pastel. Signé : *Jules Boilly*, 1833.

(H. 0,19. L. 0,14)

BONINGTON (R. P.)

30 — *Vue de la ville d'York (Angleterre).*

Aquarelle.

(H. 0,20. L. 0,26)

CHANDELIER (J.).

31 — *Barque entrant au port.*

Aquarelle. Signée.

(H. 0,16. L. 0,24)

32 — *Fontaine à Constantinople.*

Aquarelle. Signée.

(H. 0,16. L. 0,23)

33 — *Village du pays de Caux.*

Aquarelle. Signée.

(H. 0,24. L. 0,16)

CHAPLIN (Ch.)

34 — *La moisson. Etude pour arabesque.*

Sanguine. Signée.

(H. 0,22. L. 0,16)

CHARLET.

35 — *La sortie de l'Eglise.*

Aquarelle. Signée.

(H. 0,33. L. 0,25)

CHARLET.

36 — *Scène de la Révolution. — Les Moines du Mont Saint-Bernard. Deux dessins.*

Mine de plomb. Un est signé.

(H. 0,11. L. 0,14)

CICÉRI (Eug.).

37 — *Chantier de pierre de taille.*

Aquarelle. Signée et datée 48.

(H. 0,17. L. 0,24)

38 — *Entrée du port de la Rochelle.*

Aquarelle. Signée et datée 49.

(H. 0,10. L 0,16)

39 — *Habitation rustique.*

Aquarelle. Signée.

(H. 0,09. L. 0,14)

40 — *Paysage.*

Aquarelle. Signée.

(H. 0,12. L. 0,19)

41 — *Paysage boisé.*

Aquarelle signée et datée 48.

(H. 0,13, L. 0,21)

42 — *Une rue de village.*

Aquarelle signée.

(H. 0,24, L. 0,16)

COUDER (Augustin)

43 — *Mort de Raphaël Sanzio.*

Aquarelle signée *A. Couder.*

(H. 0,25, L. 0,18)

COURDOLIAN (V.)

44 — *Paysage d'Italie au bord de la mer.*
Aquarelle signée.
(H. 0,17. L. 0,25)

DAREZ (Am.)

45 — *Paysage avec moulin à vent.*
Aquarelle signée et datée 50.
(H. 0,10, L. 0,26)

DAVID (Jules)

46 — *Portrait d'homme assis.*
Plume, rehaussé de gouache. Signé : J. David de Sauzéa, 1883.
(H. 0,16, L. 0,24)

DECAMPS

47 — *Atelier de Forgeron.*
Crayon noir, réhaussé de gouache.
(H. 0,25, L. 0,32)

48 — *Sujet arabe.*
Croquis à la plume. Signé des initiales.
(H. 0,13, L. 0,20)

DELACROIX (A.)

49 — *Paysage.*
Aquarelle signée.
(H. 0,12, L. 0,18)

DELACROIX (Eugène)

50 — *Trois chevaux à l'écurie.*
Belle aquarelle. Cachet de la vente de Maitre.
(H. 0,14, L. 0,22)

DELACROIX (Eugène)

51 — *Cheval arabe entravé.*

Plume et lavis. 16 oct. Cachet de la vente du maître.

(H. 0,17 L. 0,18)

52 — *Feuille d'étude : Astronome et écorché.*

Plume et lavis.

(H. 0,21. L. 0,34)

53 — *Feuille d'étude : Cinq têtes de musulmans.*

Plume.

(H. 0,21. L. 0,34)

54 — *Feuille d'étude : Le Christ visité par un ange et têtes de lion et de cheval.*

Plume et lavis.

(H. 0,21. L. 0,34)

DESHAYES (Eug.)

55 — *Barques de pêche à marée basse.*

Aquarelle. Signée.

(H. 0,19. L. 0,30)

56 — *Chantier de pierres de taille.*

Aquarelle. Signée et datée, 1851.

(H. 0,13. L. 0,23)

57 — *Habitations rustiques.*

Aquarelle.

(H. 0,18. L. 0,27)

58 — *Maisons de bois en Normandie.*

Aquarelle. Signée.

(H 0,26. L. 0,15)

DESHAYES (Eug.).

59 — *Marché d'une ville normande.*

Aquarelle. Signée.

(H. 0,17. L. 0,10)

60 — *Marine.*

Aquarelle. Signée.

(H. 0,09. L. 0,13)

61 — *Rivière traversant un village.*

Crayon noir. Signé.

(H. 0,27. L. 0,21)

DETAILLE (Ed.).

62 — *Sentinelle bavaroise.*

Belle aquarelle. Signée et datée 1871.

(H. 0,30. L. 0,19)

DEVERIA (A.).

63 — *Don Juan.*

Aquarelle.

(H. 0,28, L. 0,22)

DÉVERIA (Eugène).

64 — *Tentation.*

Aquarelle. Signée : *E. Déveria.*

(H. 0,16. L. 0,20)

DIAZ (N.).

65 — *Couronne de fleurs.*

Belle aquarelle. Signée.

(H. 0,33. L. 0,25)

DUBOULOZ.

66 — *Jésus et la Samaritaine.*
Lavis de sépia.
(H. 0,11. L. 0,08)

DUVAL LE CAMUS.

67 — *Paysanne filant au rouet.*
Aquarelle. Signée : *Duval L. C.*
(H. 0,20, L. 0,27)

DUVIEUX (Henry).

68 — *Paysage effet d'hiver.*
Aquarelle. Signée des initiales.
(H. 0,14. L. 0,21)

FIORENZE (F.).

69 — *Paysage avec moulin à vent.*
Aquarelle. Signée.
(H. 0,13. L. 0,19)

FOISSEY (Hyacinthe).

70 — *Paysage avec moulin à vent et bateau.*
Aquarelle. Signée.
(H. 0,22. L. 0,34)

FORT (Siméon)

71 — *Route à travers champs.*
Aquarelle. Signée.
(H. 0,15. L. 0,23)

GAILLARD (Ferd.)

72 — *Etude pour un cardinal.*
Aquarelle. Cachet de la vente.
(H. 0,28. L. 0,22)

GAILLARD (Ferd.)

73 — *Etude d'homme nu, en prison.*
Plume rehaussée de gouache Signé de l'initiale.
(H. 0,16 L. 0,11)

GALLETU (L.).

74 — *Rue d'une ville italienne.*
Aquarelle. Signée.
(H. 0,22. L 0,15)

75 — *Marché d'une ville de province.*
Aquarelle. Signée.
(H. 0,14. L. 0,28)

76 — *Paysage montagneux.*
Aquarelle. Signée.
(H. 0,14. L. 0,10)

GAVARNI

77 — *Costumes de carnaval.*
Crayon noir.
(H. 0,19. L. 0,14)

GÉRICAULT (Th.)

78 — *Portrait d'homme coiffé d'un turban.*
Mine de plomb.
(H. 0,29. L 0,21)

GOBAUT

79 — *Côtes de la Méditerranée.*
Aquarelle. Signée.
(H. 0,15. L. 0,22)

80 — *Fontaine à Aïn-Mezra.*
Aquarelle. Signée.
(H. 0,18. L. 0,28)

GOGUET (C.)

81 — *Barque échouée.*

Aquarelle signée.

(H. 0,22, L. 0,34)

82 — *Marché d'une ville normande.*

Aquarelle signée et datée 1845.

(H. 0,30, L. 0,22)

GRANDVILLE (J.-J)

83 — *Abeilles et vers à soie.*

Plume. Signé des initiales. Cachet de la vente de l'artiste.

(H. 0,165, L. 0,125)

84 — *Une élégante.*

Plume, signée : *J.-J. Grandville.*

(H. 0,17, L. 0,12)

85 — *La Marchande de cerises.*

Plume. Signée des initiales.

(H. 0,13, L. 0,17)

86 — *Promenade en barque.*

Plume.

(H. 0,10, L. 0,16)

87 — *Neuf têtes d'expressions. — Le Cric du peuple. Deux dessins dans le même cadre.*

Plume.

(H. 0,14, L. 0,21)
(H. 0,17, L. 0,23)

88 — *Portrait satyrique du citoyen Thounet, député à l'Assemblée nationale de 1848.*

Plume. Signée : *J.-J Grandville, au citoyen Thounet, son ami en République.*

(H. 0,175, L. 0,135)

HERVIER

89 — *Paysage pris du château de Villeneuve, 8 mai 1871.*

Aquarelle signée.

(H. 0,13, L. 0,17)

90 — *La Basse-cour.*

Crayon noir. Signé.

(H. 0,15, L. 0,10)

91 -- *Cour de ferme.*

Crayon et lavis. Signé.

(H. 0,13. L. 0,09)

92 — *La mare aux canards.*

Aquarelle.

(H. 0,14. L. 0.30)

HINTZ (Jules).

93 — *Vue du port de Dieppe.*

Crayon et lavis rehaussé de gouache. Signé et daté 1850.

(H. 0,37. L. 0,52)

HOFFMANN (C.).

94 — *Marchande de poissons.*

Aquarelle signée des initiales C. H. et datée 1843.

(H. 0,18. L. 0,11)

95 — *Ville et cathédrale d'Amiens.*

Aquarelle. Signée et datée 1843.

(H. 0,20 L. 0,13)

HOGUET.

96 — *Remise de bateaux.*

Aquarelle. Signée et datée.

(H. 0,13. L. 0,21)

HUBERT.

97 — *Paysage suisse.*
Aquarelle Signée.
(H. 0,15. L. 0,20)

ISABEY (Eug.)

98 — *Eglise Saint-Léonard à Honfleur*
Mine de plomb. Cachet de la vente.
(H. 0,20. L. 0,12)

JONGKIND.

99 — *Barque de pêche à Scheveningue.*
Aquarelle. Signée et datée 1888.
(H. 0,13. L. 0,20)

JOYANT (J.).

100 — *Carrefour d'une ville italienne.*
Aquarelle. Signée.
(H. 0,18. L. 0,11)

101 — *Canal à Venise.*
Aquarelle.
(H. 0,19. L. 0,13)

102 — *Le Rialto. Venise.*
Aquarelle. Signée.
(H. 0,11. L. 0,14)

LAEMLEIN

103 — *La Prière de Hanna (Samuel). Etude pour le livre de mariage de Mme de Rothschild, fille de M. Anspach.*
Sanguine.
(H. 0,30. L. 0,22)

LAMI (Eugène)

104 — *La Reine Victoria passant en revue le régiment des Highlanders.*

Aquarelle.

(H. 0,17. L. 0,27)

LEFÈVRE (Robert)

105 — *Le Messager fidèle.*

Sépia. Signé.

(H. 0,21. L. 0,15)

LELOIR (Louis)

106 — *Au cabaret.*

Plume. Signé.

(H. 0,28. L. 0,36)

LHERMITTE (L.)

107 — *A l'Amphithéâtre. Leçon d'Anatomie.*

Crayon noir, rehaussé de blanc. Signé.

(H. 0,24. L. 0.42)

LIABASTRY (M.)

108 — *Eglise baignée par une rivière.*

Aquarelle. Signée et datée 1816.

(H. 0,25. L. 0,18)

LINDER (D.)

109 — *Charmeuse d'oiseaux.*

Aquarelle. Signée. (Droits de reproduction réservés).

(H. 0,38. L. 0,28)

LOIR (Luigi)

110 — *Auberge dans la Montagne.*
Belle aquarelle. Signée.
(H. 0,48. L. 0,30)

111 — *Diligence, dans la montagne.*
Belle aquarelle. Signée.
(H. 0,48. L. 0,30)

M. TH.

112 — *Lac de montagne.*
Aquarelle.
(H 0,09. L. 0,16)

MARPIN (Paul)

113 — *Eglise au bord de la mer.*
Aquarelle. Signée.
(H. 0,29. L. 0,20)

MEYER (Henry)

114 — *Berlin, 1806.*
Encre de Chine, rehaussé de gouache. Signé.
(H. 0,41. L. 0,29)

115 — *Episode de la campagne d'Algérie.*
Plume et lavis d'encre de Chine. Signé.
(H. 0,32. L. 0,27)

116 — *Toast allemand.*
Encre de Chine, rehaussé de gouache. Signé.
(H. 0,52. L. 0,37)

MEISSONNIER (Ernest)

117 — *Lansquenet.*
Aquarelle. Signée et datée, 1882. Avec dédicace à M. Spitzer.
(H 0,195. L. 0,145)

MEISSONNIER (Ernest)

118 — *Sujets pour les Contes Rémois. Quatre dessins.*
Plume rehaussée de gouache sur papier gris. Deux sont signés des initiales.
(H. 0,09. L. 0,12)

119 — *Cavalier Louis XVI.*
Etude à l'aquarelle. Signée.
(H. 0,15. L. 0,11)

MELINGUE (L.)

120 — *Volontaire de 1792.*
Plume. Signée des initiales.
(H. 0,24. L. 0,11)

MIDY (D.)

121 — *Pêcheur à la ligne.*
Aquarelle signée.
(H. 0,19, L. 0,24)

MONNIER (Henry)

122 — *Une Fleuriste.*
Aquarelle signée et datée 74.
(H. 0,20, L. 0,13)

123 — *Feuille d'études : Bourgeois et laquais.*
Plume et lavis. Signée et datée 1875.
(H. 0,13, L. 0,19)

MONVOISIN (R. A.)

124 — *Le Bain de Diane. — Le Repos de Diane. Deux pendants.*
Mine de plomb. Signés : *R. A. Monvoisin 1830.*
(H 0,095, L. 0,060

MORAINE (R. de)

125 — *Officier tonsuré par un évêque à l'époque de la Révolution de 1789.*

Aquarelle signée : R. de Moraine.

(H. 0,17, L. 0,13)

MORIN (Edm.)

126 — *Barques de pêche.*

Aquarelle signée.

(H. 0,24, L. 0,34)

127 — *Paysage aux environs de Dampierre.*

Aquarelle signée : *Dampierre, Mars 1879.*

(H. 0,27, L. 0,44)

MYRBACH

128 — *Bonaparte suivi de son état-major.*

Aquarelle signée.

(H. 0,18, L. 0,14)

129 — *L'Empereur et son état-major.*

Aquarelle signée.

(H. 0,30, L. 0,21)

NOEL (Jules)

130 — *Marine.*

Aquarelle signée et datée 1847.

(H. 0,13, L. 0,19)

NOLAU

131 — *Intérieur d'Eglise.*

Aquarelle. Signée.

(H. 0,145, L. 0,205)

PARIS (Vues de)

132 — *L'Eglise de la Madeleine.*
Aquarelle.
(H. 0,10. L. 0,18)

133 — *La Place de la Bastille.*
Aquarelle. Signée : Cicéri.
(H. 0,17. L. 0,14)

134 — *Le Pont de la Concorde.*
Aquarelle.
(H. 0,15. L. 0,20)

135 — *Le Pont-Neuf et le Quai des Grands-Augustins.*
Aquarelle. Signée Villeret.
(H. 0,10. L. 0,12)

PESNE (G.)

136 — *Paysage d'Italie.*
Aquarelle. Signée.
(H. 0,21. L. 0, 17)

PELLETIER (L.)

137 — *Paysage, effet de soleil couchant.*
Aquarelle. Signée.
(H. 0,18. L. 0,23)

PETIT (Victor)

138 — *Ruines d'un vieux château.*
Aquarelle. Signée.
(H. 0,13. L. 0,20)

ROPS (Félicien)

139 — *Moine luttant contre la chair.*
Croquis à la plume. Signé des initiales.
(H. 0,17. L. 0,11)

ROSSI (Lucius)

140 — *La Pluie.*
Belle aquarelle. Signée.
(H. 0,49. L. 0,34)

141 — *Le vent.*
Belle aquarelle signée.
(H. 0,49. L. 0,34)

142 — *Portrait d'Alphonse Daudet.*
Lavis d'encre de Chine signé.
(H. 0,15. L 0,11)

ROUSSEAU (Théodore)

143 — *Un quai.*
Crayon noir signé des initiales.
(H. 0,12. L. 0,18)

ROWLANDSON

144 — *Plage anglaise.*
Aquarelle.
(H. 0,165. L. 0,23)

RUKERS (Hte)

145 — *Fleurs de Capucines.*
Aquarelle, signée : *Hte Rukers 1836.*
(H. 0,32. L. 0,25)

SALLON (W.)

146 — *Marine.*
Aquarelle signée.
(H. 0,19. L. 0,35)

STUBBS (G.)

147 — *Un port de pêche normand.*
Aquarelle.
(H. 0,120. L. 0,185)

TESSON (L.)

148 — *Aniers d'Orient.*
Aquarelle signée.
(H. 0,19. L. 0,14)

149 — *Artistes dessinant au bord d'une Rivière.*
Aquarelle signée.
(H. 0,11. L. 0,16)

150 — *Bazar d'Orient.*
Aquarelle signée.
(H. 0,18. L. 0.30)

151 — *Eglise de petite ville d'Auvergne.*
Aquarelle. Signée.
(H. 0,20. L. 0,13)

152 — *Lavandières.*
Aquarelle. Signée.
(H. 0,22. L. 0,15)

153 — *Paysage avec rivière et barque.*
Aquarelle. Signée.
(H. 0,15. L. 0,25)

TIMMERMANS (L.)

154 — *Ancien port de Honfleur.*
Aquarelle. Signée.
(H. 0,35. L. 0,25 1/2)

155 — *Naufrage à Etretat.*
Aquarelle. Signée.
(H. 0,26. L. 0,37)

TIMMERMANS (L.)

156 — *Le port de Fécamp.*
Aquarelle. Signée.
(H. 0,35. L. 0,26)

157 — *Le port du Hâvre.*
Aquarelle. Signée.
(H. 0,26. L. 0,37)

TOUDOUZE (Anaïs)

158 — *La Peinture.*
Aquarelle. Signée : Anaïs Toudouse.
(H. 0,29. L. 0,22)

TUCKER (E.)

159 — *Barque désemparée.*

Aquarelle. Signée.
(H. 0,15. L. 0,21)

160 — *Marine.*
Aquarelle.
(H. 0,14. L. 0,21)

161 — *Marine.*
Aquarelle. Signée.
(H. 0,13. L. 0,19)

162 — *Marine.*
Aquarelle. Signée.
(H. 0,10. L. 0,16)

VEYRASSAT (J.).

163 — *Barques de pêche à Grandcamp.*
Aquarelle. Signée : *J. Veyrassat, Grandcamp.*
(H. 0,16. L. 0,34)

VIOLLET-LE-DUC.

164 — *Cérémonie du Baptême du Prince Impérial à Notre-Dame de Paris.*
Superbe aquarelle. Signée et datée avril 1856.
(H. 0,47. L. 0,29)

WATTIER (Emile).

165 — *Idylle champêtre.*
Aquarelle. Signée.
(H. 0,17. L. 0,25)

WYLD (W.).

166 — *Une place à Venise.*
Aquarelle. Signée.
(H. 0,13. L. 0,09)

167 — *Marine.*
Aquarelle.
(H. 0,075. L. 0,050)

WILDCHRAMETH (E).

168 — *Cours d'eau traversant une petite ville.*
Aquarelle. Signée.
(H. 0,16. L. 0,13)

169 — *Paysage d'Orient.*
Aquarelle. Signée et datée 1845.
(H. 0,18. L. 0,14)

WILLMS (Albert).

170 — *Chasse au faisan.*
Aquarelle. Signée.
(H. 0,25. L. 0,37)

Grande Imprimerie du Centre. — HERBIN, à Montluçon.

www.ingramcontent.com/pod-product-compliance
Ingram Content Group UK Ltd.
Pitfield, Milton Keynes, MK11 3LW, UK
UKHW021027260726
13994UKWH00005B/2003

9 782329 416564